장미와 고양이

황금알 시인선 260

장미와 고양이

초판발행일 ｜ 2022년 12월 24일

지은이 ｜ 엄영란
펴낸곳 ｜ 도서출판 황금알
펴낸이 ｜ 金永馥
주간 ｜ 김영탁
편집실장 ｜ 조경숙
표지디자인 ｜ 칼라박스
주소 ｜ 03088 서울시 종로구 이화장2길 29-3, 104호(동숭동)
전화 ｜ 02)2275-9171
팩스 ｜ 02)2275-9172
이메일 ｜ tibet21@hanmail.net
홈페이지 ｜ http://goldegg21.com
출판등록 ｜ 2003년 03월 26일(제300-2003-230호)

장미와 고양이

엄영란 시집

황금알

분홍으로 핀 꽃나무 아래를 지나왔어

분홍으로 핀 꽃나무 아래에서 멈췄어

분홍이 확 쏟아질 것 같았어

차 례

1부

2부

3부

4부

1부

가을

나뭇잎과 나뭇잎이 서로 비비는 사이
바람이 일었다

바람과 바람이 비비는 사이
꽃들이 흔들렸다

흔들리는 꽃들을
가을이라 했다

나는 가을에서 길을 잃었다

걸리다

누가 던져 놓았나
나뭇가지에 훌라후프 하나 걸려 있다

가지를 잡은 훌라후프
가지에 잡힌 훌라후프
가지가 매달린 훌라후프

가지만큼 흔들리는 훌라후프
그러나 죽어도 가지가 되지 못하는 훌라후프
그러나 어쨌든 훌라후프인 훌라후프

훌라후프를 꿰고 있던 가지가 바람에 흔들린다
훌라후프가 흔들린다
훌라후프의 둥근 원 안으로 바람이 지나가는 동안
전후좌우 기웃거리며 둥그런 것을 지키고 있는 훌라
후프

둥근 것이 갈고리가 된 훌라후프!

장미와 고양이

장미 넝쿨이 울타리를 넘었습니다.
꽃을 올려놓은 넝쿨이 길 쪽으로 기울어졌습니다.
길 너머의 뿌리가 넝쿨을 잡고 있습니다.
굵은 넝쿨에는 굵은 가시가 돋아 있습니다.

가시를 가린 잎을 보며
사람들이 지나갔습니다.
아무것도 가리지 않은 꽃을 보며
사람들이 지나갔습니다.

달빛은
꽃잎에도
가시에도 무너졌습니다.
자근자근 길을 밟으며 걷던
고양이 한 마리가

휙!

울타리를 넘었습니다.

넝쿨이 잠깐 어두워지고
몇 잎의 꽃잎이 꽃받침을 놓아둔 채
꽃잎 지듯 졌습니다.

꽃잎에 눌린 길이
점점이
달빛에 젖었습니다.

고요의 그늘에 서다

나무가 나무를 둘러싸고 있는 그늘에 서면
누구든 그늘처럼 서늘해지리
그 가늘고 굵은 가지에 촘촘히 다가선다면
누구든 먼 곳을 보지 않으리
키 작은 나무가 키 큰 나무 밑에 선다면
작은 나무는 더 이상 작아지지 않아도 되리

나무와 나무를 비집고 선 그늘에 들면
그늘은 그늘로 깊어지고
비로소 풀은 풀로 흔들리리
그때 머리 위에서는
잎과 잎 사이 하늘이 조각조각 날아가고
줄기와 줄기 사이로
바람이 회초리로 날아가는 것을 보리

어디선가 바람이 불어오리

우듬지마다 한 우주가 흔들리리

그리고
온갖 잎들이 새처럼 날아오르는 걸 보게 되리

명자의 일기

명자가 달린다
다섯 걸음이 끝인 거실을 달린다
두 개의 의자, 정사각형의 작은 식탁, 두 개의 그릇이
엎어져 있는 싱크대를 지나
창문 사이로 구부러져 들어오는 햇살을 자근자근 밟으
며
반쯤 채워진 물컵을 들고
명태처럼 뻣뻣한 걸레를 들고
켜 놓은 티브이 속의 사건들을 들고
달린다

그때 나는 청소기를 돌리고 있었다
명자의 중얼거림이 들린다

142cm의 키를 늘이며
밤과 낮이 나를 데려가고 있어
내 키는 줄어드는데 당뇨병은 왜 자꾸 자랄까
냉장고는 넘치는데 내 위장은 왜 먹는 것을 거부할까
허리는 왜 자꾸 굵어지는지

민들레 솜털 같은 은색 머리카락을 쓸어 올리며
숨이 차!!
이젠 그만 눕고 싶어
명자의 말들을 빨아들인 청소기가 문득 멈춘다

전화벨이 울린다
뭐 했냐고?
아무것도 한 거 없어
네 말만 들으라고?
내 나이 87인데 왜 네 말만 들어
네 하루와 내 하루가 같니?

거울 앞에 앉은 명자가 립스틱을 바른다
입술에 빨간 명자꽃이 피었다
명자가 빨갛게 웃는다

벽에 걸린 시계 속에서
명자의 시간이 870km로 달리고 있었다

휴지처럼

문 앞에 두루마리 휴지 한 묶음 놓여 있다
누가 보내온 것일까
잠시 생각이 폭탄 마주한 듯 위험하다
이리저리 굴려보고 살펴보는데
비닐 위에 고딕체로 인쇄한 메모지가 붙어 있다
"불편을 드려 죄송합니다"
어떤 불편?
줄 것이라는 것인지
준 것이라는 것인지
이 휴지로 무엇을 하라는 것인지
보내온 곳도 돌려보낼 곳도 모르는
불편한 덩어리를 들고 안으로 들어왔다

옷도 벗기 전에
집이 쿵쿵 울린다
차르륵 쇠 잘리는 소리 무엇인가 던지는 소리
부서지는 소리 인부들 고함치는 소리가 우주를 토막
내듯 요란하다
몸이 허공에 둥둥 떠다닌다

속이 울렁거린다

TV 소리를 잡아먹고 전화 통화를 잡아먹고 새벽잠을
먹어버리는 소리에

머릿속이 휴지처럼 하얗다

집안으로 들어온, 이 희고 긴 폭력을 노려보다가

하릴없이 몇 칸 쭉 찢어 귀를 막는다

현자

현자는 말했다
구질구질하게 사는 건 현자가 아니야!
살다가 구질구질해지면 꼴까닥 세상을 떠나는 거야!
나는 공자도 맹자도 아닌 현자니까

그 현자가 쓰러졌다
혈소판이 5000 이하로 떨어졌다
백혈구는 30000을 넘어섰다
핏줄을 따라 암 덩어리가 돌기 시작했다
머리 핏줄이 터졌다
눈으로 쏟아진 피는 한쪽 눈을 멀게 했다
한 편의 팔과 다리가 마비되었다
수술 후 뚜껑을 닫지 못하는 현자의 머리에는
공자도 맹자도 현자도 없다

먹을 것을 찾아 산소를 파헤치는 멧돼지 같은 현자
구름이 흐르는 길에 기차를 놓아 달라는 현자
누군가 반지를 훔쳐 갔다고 소리치는 시장판 아줌마
같은 현자

요양병원에서 돌아갈 집을 찾는 현자
마르케스의 『백년 동안의 고독』을 좋아했던 현자
논어와 명심보감을 좋아했던 현자
비 오는 날 진한 커피를 좋아했던 현자
청바지와 부츠를 좋아했던 현자
산 것도 죽은 것도 아니었던 현자
어디에도 없는 현자

번지다

한 뭉치의 구름이 번지다
한 뭉치의 어둠이 번지다

여자가 번지기 시작하는 구름을 안고 달린다
여자는 번지기 시작하는 어둠을 안고 달린다

어둠이 조금씩 그녀의 얼굴로 번진다
구름이 조금씩 그녀의 등허리로 번진다

비쩍 마른 사내아이가 던진 공이 구름 속으로 번진다
도수 높은 안경을 낀 아이가 친 홈런이 환성으로 번진다

한 뭉치의 구름이 번진다
한 뭉치의 어둠이 번진다

어린 딸과 아빠가 친 베드민트공이
새털처럼 날아가 저녁으로 번진다
한쪽 팔다리가 부자유스런 남자가
남은 팔과 다리로 바람을 휘저으며 번지고

그 끝에서 바람이 조금 번지고

우듬지가 잘려나간 나무에
꼿꼿하게 잎이 번지고
뭉그러져 가는 나이테 위에 앉은 새의 눈 속에
구름이 번지고
어둠이 소나기처럼 새까맣게
번지고

빨랫줄과 빨래집게

허공에 걸려있는 빨랫줄을 본다
빨랫줄을 물고 있는 빨강, 노랑, 파랑을 본다
햇빛에 얼굴이 까매지는 줄도 모르고 본다
따뜻함에 빠진 얼굴로 본다

내가 따뜻한 동안
빨래집게는 나른해지는 줄도 모르고 본다

진이 빠지는 빨래집게를 나는 알지 못한다
굳게 다문 그 입을 나는 알지 못한다
아래를 내려다볼 수 없는 그 요지부동을 나는 알지 못한다

바람이 분다
빨랫줄이 흔들린다
빨갛게 노랗게 파랗게 빨래집게가 흔들린다
흔드는 대로 흔들리는 빨랫줄이 허공을 흔든다

옴짝달싹할 수 없는 허공에 내가 앉아있다
해가 엄청나게 큰 빨래집게로 나를 찝어
줄행랑치는 중인지도 모르고

노래 부르고 싶은 날

텅 빈 들판으로 갈 것이다

거기서 코 평수를 한껏 넓히고 눈을 치켜뜨고 입은 둥글게 벌리고 둥그런 목울대를 울리며 둥글둥글 노래할 것이다 저 뱃속 밑에 웅크리고 있는 숨죽인 소리들을 둥글게 둥글게 끌어 올릴 것이다 그러면 하늘은 코앞까지 내려오고 한껏 벌어진 귓바퀴로 나는 풀들의 함성을 들을 것이다 뭇 벌레들이 불러주는 합창을 들을 것이다 제 맘대로 흔들고 가는 바람에도 제 자리를 벗어나지 않는 것들을 만날 것이다

노래가 부르고 싶은 날 나는 들판으로 갈 것이다
가서 지나간 나를 가만히 불러 세울 것이다

터치되지 않는 버튼처럼
우리 그렇게 스쳐 갈 것이다

송충이

소나무 숲이 하늘을 가리고 있다
나뭇가지에 거미줄 같은 긴 줄 하나가
송충이 한 마리를 붙잡고 있다
한 번씩 몸을 비틀 때마다 외줄이 더 흔들린다
보송보송한 송충이 털이 내 손을 움츠리게 한다.
나는 저 우아한 송충이를 만질 수가 없다

외줄에 걸린 송충이
몸부림칠수록 더 흔들리는 송충이
올라갈 수도 내려갈 수도 없는 송충이
외줄 타는 은자 아버지 같은 송충이

나는 차마 송충이를 잊은 것처럼
풀에게 발목 잡힌 것처럼
의자에 앉아
그늘에 핀 꽃을 본다
키 작은 풀이 바람에 눕는 것을 본다
소나무 잎사귀가 송충이 털처럼 뾰족뾰족하게 서 있는
것을 본다

풀이 의자의 발목을 잡고 흔들리는 것을 본다
나는 거기 앉아 하릴없이 머리를 쓸어 올린다
허리가 구부정한 노파가 막대기로 풀을 헤치며
길을 내고 있다

파쇄된 하늘이 솔잎 사이로 흘러내렸다

무릎이 아파요

뾰족한 침대 모서리에 무릎이 부딪쳤어요 허둥대던 다리가 더 허둥대요 비비다 주무르다 주저앉았어요 아파요 너무 아파요 들어주는 사람 아무도 없어 속속들이 아파요 쓸쓸하게 아파요 볼륨을 높인 티브이 속에서 달달하게 손자를 바라보는 할아버지를 보세요 늙음이 꼭 나쁜 것은 아니예요 돌배기 손자를 차에 태우고 바닷가를 달려요 하늘이 수평선 쪽으로 막 달려요 나는 무릎이 아파요 창밖에서 한 여자의 외마디 고성이 들려요 또 한 여자의 낮은 소리가 들려요 티브이 볼륨을 낮춰요 아픈 무릎 속으로 소리들이 빨려 들어가요 나는 무릎이 아파요 밖의 소리가 점점 커져요 무릎이 부어올랐어요 끝나지 않을 것처럼 싸움이 길어요 가려진 커튼 때문에 안과 밖을 가늠할 수 없어요 무릎에 피멍이 들었어요 물에 잉크 퍼지듯 해질녘이 저녁으로 가고 있나 봐요 시끄러운 저녁이 싫지 않을 때도 있네요. 소음 사이로 컴컴하게 개가 짖어요. 나는 무릎이 아파요 친정어머니가 휘 돌아봐요

펴도 오므려도
무릎이 아파요 엄마

기름종이 안이었어요

미끄러운 길을 걸었어요
발을 옮길 때마다 넘어졌어요
잡으려 하는 건 모두 미끄러운 것뿐이었어요.
뭉게구름이 걸린 하늘에 패랭이꽃이 미끄러져 가고 있
었어요
가느다란 길이 숲으로 미끄러져 가고 있었어요
숲을 버리면 나무가 보일까요?
쾌쾌한 기름 냄새에 자꾸 목이 메었어요

손가락이 구부러지도록
볼펜을 꾹꾹 눌러도
글씨들이 종이에 먹히지 않았어요
희미하게 보이다가 이내 사라지는 글씨들
이 미끄러운 종이 위를 어떻게 벗어나야 할까요

기름 먹은 종이가 세상을 칭칭 감고 있었어요
그 위에서 나는 이리 구르고 저리 구르다가
눈을 떴어요

캄캄한 종이 안이었어요

그네

플라타너스 잎들이 하늘을 덮고 있는 놀이터
굵은 쇠기둥에 그네가 묶여있다

그네는
건드리지 않으면 흔들리지 않았다

흔드는 게 사랑이라고 할 수는 없지만
흔들리지 않으면 그네는 그네가 아니다
세게 흔들수록 그네는 오래 흔들렸다

흔들림이 깊을수록
그네는 멀리 갔다

플라타너스 잎 속에서
새가 울었다
잎들이 흔들렸다

힘껏 그네를 민다
허공을 찢으며 그네가 흔들렸다

아무것도 모르는
뒤는 무섭고도 아름답다

수수

수숫대 몇이서
강둑으로 키를 키우고 있다
익지 않은 것들이
빳빳하게 허공을 찌르고 있다
일찍 영근 수수가 양파 주머니를 둘러쓰고
고개를 숙이고 있다
새 몇 마리가
주위를 맴돌다 간다
낮은 곳에는
강아지풀, 개망초, 애기똥풀들이
서로 몸 부비며 서 있다
두루미 한 마리가
구름을 휘저으며 강을 건넌다
둑은 물을 가두며
길을 만든다.
잠자리 날개가
바람 끝에서 팔랑거린다

중천에 앉은 해가

수수의
붉은 속을
말갛게 내려다보고 있다

2부

배추와 배추벌레

배추가 피었다
배추 냄새를 맡은 배추벌레가
배추 속으로 꼬여 든다
배추에 싸여
배추 색을 하고
배추인 척하며
배추처럼 꼬불꼬불 살이 찌는 배추
배추가 전부인 배추

배추벌레는 톱니바퀴 같은 입술로
배춧잎에 둥글게 파문을 그린다
배추의 동맥을 끊고
배추의 정맥을 끊고
배추의 실핏줄을 끊는다

그리하여
그는 배추의 몸에 제 길을 남긴다

양철 지붕에 비가 내리는 동안

나팔꽃이 젖었습니다
배롱나무가 젖었습니다

양철 지붕에 비가 내리는 동안

봉숭아 여문 씨방이 터지고
터진 씨방이 젖었습니다

양철 지붕에 비가 내리는 동안

높거나 나지막하게 쌓인 담들이 젖었습니다
구부러졌다 곧게 뻗은 길들이 젖었습니다

양철지붕에 비가 내리는 동안

양철지붕은 비를 안아 들이고
제 안의 소리를 토해냈습니다

자폐

꽃이 비를 물고 있다
그 속에서 꽃물이 된 비가
흐르지 못한다
흐르지 않는다

주황 꽃에 앉은 건 주황 비
분홍 꽃에 앉은 건 분홍 비

어떤 비도 차갑다

그 위에 손을 얹는다.
꽃보다 먼저 비가 손에 닿는다.

다섯 살 아이의 손을 꽃에 갖다 댄다
아이가 외마디 소리를 지른다.

눈을 마주치지 못한다. 아이
눈을 마주치지 않는다. 아이

뒤죽박죽 흩어진 퍼즐을 꼼짝 않고 맞춘다 아이
마구 섞어놓은 색깔의 숫자를 판에 찾아 넣는다 아이
아무리 불러도 돌아보지 않는다 아이
아-이-의 높낮이로 제 안에 말을 만드는 아이
잃어버린 마지막 퍼즐을 찾는 아이

거리의 차들이 어지럽게 달린다
제 안의 문을 닫아건
아이의 손을 잡고 내가 돈다
황색 중앙선이 흔들린다

아이의 우산 밖에서 비가 온다

해바라기

　부차의 하늘이 가까이 내려앉는다 이곳의 하늘은 어느 쪽에도 빛은 내려오지 않는다 고층 아파트들이 철근을 늘어뜨리고 부서진 채 서 있다 집집마다 창문이 있던 자리에 하늘이 퀭하다 저 어둠은 무엇으로 시작되어 무엇으로 사라지는가? 삶의 소리들이 지워진 거리 형체들은 모두 정지되어 있다 사나흘 전에도 누워있던 사람들이 그 자리에 그대로 누워있다 길모퉁이를 돌던 차에서 한 사내가 손을 들고 내린다 기다렸다는 듯 총을 든 군인이 다가오고 그는 쓰러진다 다시 일어나지 않는다 한 발의 총성이 한 사람의 목숨을 거둬간다 죽은 자는 어떤 절규도 하지 않는다 엄마는 아이의 맨살에 꾹꾹 눌러 글씨를 쓴다 "저희 아이가 엄마 손을 놓치면 보호해 주세요." 아이는 간지러운지 등을 들썩거리며 깔깔거린다 머리카락이 제멋대로 늘어진 아이의 등에 글씨가 곧 지워질 것 같다 길에는 탱크들이 줄지어 지나간다 한 무리의 군인들이 주검들 사이로 지나간다 군복색 티셔츠에 조끼 하나를 걸친 젤렌스키 대통령이 부차의 거리를 돈다 그는 동굴 같은 눈으로 두 손을 치켜들며 소리친다 "이건 아닙니다. 이 모든 것을 두고 누구든 침묵만은 말아주십시오" 그의 외침이 주검들 속으로 퍼져 나간다 죽음을 넘고 넘어 떠나고, 또 떠나고 사람들이 떠나간다 비닐봉지 하나를 들고 혼자 울고 있는 소년, 갓난아이를 품에 안고 가는 여인 아이를 목말 태우고 떠나는 아비 가족일 것 같은 주검 앞에서 차마 떠나지 못하고 우는 사람들, 가방 하나에 온 삶을 담고 그저 아득한 얼굴로 간다 철로가 끊어졌다고 기차는 떠날 수 없다고 수군거리며 기차역으로 간다 그때 가까운 곳에서 섬광과 함께 폭발음이 들린다 팔이 날아가고 몸이 찢어지고 아이들이 튀어올랐다 떨어진다 포탄 속에 또 포탄이 들어 있는 금지된 무기가 예고 없이 광장을 붉게 물들인다 왜 죽는지 왜 죽어야 하는지 모르는 사람들의 외마디 비명이 여기저기 흩어진다 하늘이 더욱 낮다 부차의 텅 빈 들판이 더 낮은 곳으로 흐른다 널브러진 주검들이 파리 떼처럼 흐른다 그 위로 키 작은 해바라기들이 흔들린다 해가 없는 들판에 해바라기만 노랗다 노랑만 지천이다 산 자들이 해바라기 한 송이씩 들고 주검 옆을 지나간다

목련

한적한 골목길에 봄볕이 달걀색입니다
미지근한 빛을 밟으며 가던 나는
어느 담벼락 밑에 섭니다

담장 안에서 삐죽이 올라온 나뭇가지를 봅니다
학 같기도 하고 꽃 같기도 한 것들이
가지 끝마다 있습니다

아래쪽 가지에는 날개를 접은 듯 웅크려 있고
꼭대기로 갈수록 금방이라도 날아오를 듯
꽃잎이 펴져 있습니다

훠어이! 날아라
저 흰 것들 누렇게 곰삭을 때까지

흐느적거리며 떨어져 내리는
이 봄을 안고
날아라

느닷없이 몰려오는 초록의 일 따위
돌아보지 말고

지는 해에
담 그림자 길게 눕는 줄도 모르고
골목길이 점점 길어지는 줄도 모르고

날아라
날아라

참기름 짜러 가야 하는데

　나 밥 먹었어? 단기기억상실증을 앓고 있는 그녀가 묻는다 통유리 너머 마을버스가 지나간다 참기름 짜러 가야 하는데! 그녀는 참기름 집에서 자꾸 꺾어진다 참기름 같은 기억이 지나가는 중인가보다 잎 떨어진 나무가 검어진다 그녀가 점점 검어지고 있다 나무처럼 서서 나무를 바라보다가 나쁜 놈! 땅 삼천 평을 그년 밑에 다 들이밀어? 미안하면 내 앞에 있어야지 차에는 왜 뛰어들어? 죽는 게 미안 한 거보다 나은가? 가을은 너무 쓸쓸해! 표정이 사라진 얼굴로 힐끔 돌아보며 나 밥 먹었어? 참기름 짜러 가야 하는데! 희미해져 가는 시간을 놓치지 않으려는 듯 묻는다 창 틈새로 들어오는 차의 클랙슨 소리가 가늘다 그녀의 목소리가 빈 병을 빠져나오는 바람 같다 매일 매일 울면 눈물이 없어져 열일곱이나 어린 우리 아들을 며느리가 남편으로 만들었어 어미가 그렇게 말리면 왜 그럴까 생각이나 해 주지 결혼은 왜 해서 텃밭이나 들여다보고 고기 잡았다가 놓아주고 강물처럼 떠돌다 그렇게 가버렸어, 아들 간 지도 2년이 흘렀네 영감 간 건 아무것도 아니여 나를 이 감옥 속에 밀어 넣고 지들만 가버렸어, 아무도 돌아보지 않는 쭈글쭈글한 감이 발갛게 창을 들여다본다 나 밥 먹었어? 참기름 짜러 가야 하는데! 그쪽으로 가는 버스가 하나였는데 다른 데로 간 적 있어 이를 해야 하는데 틀니는 불편해 임플란트는 무서워

　　나! 밥 먹었어?

분홍 알러지

바람이 불 때마다 봄의 살점들이 떨어져 내렸다
그 아래 서 있으면 온몸이 간질거렸다

세 계집아이가 복숭아밭 울타리 앞에 서 있었다
아카시 울타리 너머로 복숭아가 분홍빛으로 흔들렸다
아카시 가시가 허기를 찌를 듯했다
개구멍을 찾은 재순이가 소곤거렸다
여기는 가시가 없네
나만 따라와
영란이는 자꾸 웃어서 안 돼 거기서 기다려
이쁜이가 살금살금 따라 들어갔다
재순이는 개구멍으로 복숭아를 돌돌돌 굴려 보냈다.

굴러오는 분홍을
앞섶에다 주워 담았다
그날의 분홍은 온몸을 발갛게 부풀게 했다

원두막에 앉아 복숭아를 한 입 베어 물자
목젖을 타고 30년 전 저쪽으로 건너간 이쁜이가 올라

왔다

    또 한 입 베어 무니

    남편 따라 이국 사람이 된 재순이가 올라왔다

    가렵고 달콤하고 물이 뚝뚝 흐르던

    그 분홍

그랑프리 빵집

전철역 가는 길모퉁이에 그랑프리 빵집이 있다
빵 빵 3개 2000원이라고 쓰인
빛바랜 현수막이 안을 반쯤 가리고 있다

판자로 만든 좌판에는
팥빵, 소보로빵, 소라빵, 소시지를 말아 구운 빵 빵 빵
들이 가지런히 진열되어 있다
얼굴도 몸도 빵 같은 아주머니는 비닐봉지에 든 빵을
이리 재끼고 저리 재끼며 다시 줄을 맞춘다
그녀의 손놀림이 백년을 이어 온 것처럼 익숙하다
담장 너머로 덜커덩거리는 전철 소리 요란하고
빵집 앞에는 아무도 없다

갓 구운 빵 냄새가 어두컴컴한 현수막 뒤에서 번져 나
온다
흰 투구 같은 모자를 쓴 사내가 어른거린다
이스트에 부푼 그의 모자가 높다

그랑프리가 되고 싶은 모자가

그랑프리가 될 것 같은 모자가

빵빵 3개 2000원은 여전히 펄럭이고
그랑프리 빵집은 그랑프리 빵으로 채워져 있다

초록에 갇혀

숲길을 간다
새 몇 마리 제멋대로 날아올랐다 제각각 나뭇잎에 앉
는다

초록이다

새들 지저귀는 소리 나뭇잎을 타고 미끄러진다
초록이다

세상을 돌던 바람이 숲으로 섞여든다
초록이다

그 바람, 나무를 타고 오르다 고꾸라진다
초록이다

나는 초록에 갇혀 구불구불 간다

나는 초록을 덮어쓰고
흐르는 계곡물에 목을 축인다

초록이 목줄을 타고 온몸으로 번진다
가도, 가도 초록 속이다

초록 너머로 해가 기울어지는 사이
나는 오직 초록만 가지고 산을 내려온다

숲을 숲으로 세워둔 채

비닐봉지 속의 애호박처럼

비닐봉지 속이었어요
그 안은 궁륭처럼 아늑했어요

거기서 나는 비닐봉지 모양으로 속을 채우는 일에 몰
두했어요
눈 지우고 귀 지우고 얼굴 지우고
봉지가 나인 듯 내가 봉지인 듯
나를 몰아갔어요.

넘어지고 구르고 생채기가 났지만
그것은 다 비닐봉지 안의 일이었어요
나는 내가 점점 연두로 채워져 가고 있는 것도 몰랐어요

봉지 밖을 지나갔다는 바람과 햇살을 나는 몰라요
어느 날 낯선 목소리들이 속삭였어요
―비닐을 찢어 봐
문득 보이지 않는 옆이 흔들렸어요
외줄을 잡고 있던 내가 흔들렸어요

그때 누군지 죽은 엄마처럼 말했어요
봉지 안에서는 봉지가 되어야 한단다

그러나
비닐봉지가 되는 일은

끊임없이 살갗에 땀방울을 맺는 일
제 살 늘여 키를 키우는 일
뼛속을 꼼꼼하게 채우는 일

그리고 어느 날
어떤 손이 와서 조심스레 봉지를 열었지요
하늘이 물밀 듯 밀려들었지요

꽃 이야기

벚나무 밑을 지나갑니다.
꽃잎들이 사선으로 떨어집니다.
떨어지는 것들 잠시 흩날리다 내려앉습니다.

바람에 눌려 반쯤 누운 풀 사이에 끼인 것
패인 발자국에 누운 것
보도블록으로 뛰쳐나간 것
개똥에 기댄 것

떨어진 곳은 달라도 제각기 꽃입니다.

나무줄기와 잎 사이에 얹힌 것은
이파리보다 더 많이 흔들립니다.

개울을 따라 선 벚나무들
꽃잎이 물이 되고 물이 꽃잎 되어 흐릅니다.
흘러서 꽃잎 무게만큼의 물살이 됩니다

가까워졌다 멀어지고

멀어졌다 다시 가까워집니다.
아무것도 없는 하늘이
문득 시립니다.

인천 자유공원에서

나는 벚꽃 나무 아래 있네
바람이 불고 꽃잎이 흔들리고
빗방울이 떨어지고 꽃잎이 지네

떨어진 것들 빗물에 떠내려가네
안개인 듯 꽃잎인 듯

꽃잎 지는 동안
공원은 추워지고 바람이 쉼 없이 가지를 흔들었네
우산을 접으며
한 노인이 나무 밑으로 움츠러드네

튼튼한 다리의 젊은이들이 길 따라 흘러갔네
사방은 고요했네
새 울음이 비에 젖었네

비인지 안개인지 꽃잎인지 모를 것들이
뿌옇게 쏟아지는 동안
허공은 허공을 채우고
길은 길로 구부러졌네

봄

어느 날 문득 창밖을 보았을 때
당신이 지천으로 거기에 있었습니다
창문만 한 하늘로 당신이 쏟아졌습니다.
멀리는 아득함으로 어른거리는 당신이 있었습니다

참꽃같이, 개나리꽃같이, 산수유같이,
새파랗게 흔들리는 풀잎같이

목련꽃 소리 없이 무너져 내리듯
소리 없이 지는 당신은 또 얼마나 많던지요

서둘러 핀 것들이 서둘러지고 있었습니다.
아지랑이 너머로 견고한 것들이 흔들리는 것을 보았습
니다
눈곱만 한 시작이 당신 끝에 있었습니다

떨어지는 것은 찬란하다

장갑 한 짝이 한 저녁을 끌어안고
길 위에 웅크리고 있었다

쏟아지는 비가 접히다 만 장갑을
완전히 접어놓았다

빗줄기에 튀어 오른 모래들이 장갑에 무늬처럼 박혔다
누군가의 주머니에서 가볍게 떨어졌을 그것은
몇 세기 거기 있었던 것처럼 견고하게 누워있었다

죽은 짐승 같기도 하고
돌 같기도 하고
뭔가 해 보겠다고 싸우는 내 속의 나 같기도 했다
보송보송했을 털이 점점 가라앉고 있었다

저렇게 떨어지는 것 본 적 있다

나무에서 나뭇잎 떨어지듯
꽃에서 꽃잎 떨어지듯

씨방에서 씨앗 떨어지듯

한 어미에게서
한 어미가 떨어지는 것 본 적 있다

떨어지는 것은 고요하고
떨어지는 것은 적막하고
떨어지는 것은 쓸쓸하고
떨어지는 것은 찬란했다

특별시에서 살아내기

가령 사전에 의미들이 쓰여 있지 않다면 "앓기와 살기
는 같은 뜻임"이라고 쓰고 앓기와 살기를 오락가락 읽기
로 해요

속 보이지 않기 혹은 속 보이고 살기
거리 좁히지 않기, 선한 얼굴하지 않기, 친절하지 않
기, 하고 싶은 말 하지 않기, 바보티 내지 않기, 촌스럽
지 않기, 뒤통수 맞지 않기, 질기지 않기…

앓기를 가득 담고 길을 걸어요
살기, 살아내기가 같이 담겨 있어요
한 끼니 같은 화장을 하고
그 위에 무표정으로 덮어요
깨물어지지 않는 알사탕처럼 앓기를 빨아 먹다가
어금니가 아프도록 살기를 깨물어 보기도 해요
가끔 몇 개씩 흘려버릴 때도 있어요
한두 개는 뒤통수로 돌아오지요
그런 날은 어디에도 없는 심장 약을 찾아요
거리를 메우고 있는 도플갱어들이

사막을 건너온 다른 종족이라고 착각도 하지요
내 몸에 있는 앓기와 살기를 툭툭 건드려 보아요
앓기와 살기가 같은 뜻임을 아는 일이
한 생이 저무는 일과 무슨 관계일까요

3부

꽃밭

코로나19로 몇 날 며칠 집안에만 있어야 했던 아이가
엄마와 함께 마당에 나왔다

아이는 솔가지처럼 양팔을 쳐들고
뱅글뱅글 돌면서 소리친다

세상이 꽃밭 같아 엄마
해님도 꽃이고 구름도 꽃이야
나무도 꽃이고 새도 꽃이야

콩알만 한 콧구멍을 벌름거리며
음~~~바람도 꽃이네

까르륵 까르륵
꽃이 피어난다

김이든 금이든

첫 딸을 끔찍이도 여기는 아비가 딸에게 줄 도장을 새기러 갔다
성이 金이니 金을 밑에다 깔고 그 위에 이름을 얹어주시오
돌아오는 길 도장 속 빨간 글자가 딸의 한평생 같아 히죽 웃으며
천금 만금보다도 귀한 내 딸 너의 생은 돈을 깔고 살아라 중얼거리며

그 딸이 아이 셋을 낳고
기저귀값 벌겠다며 시간제 일을 나갔다
하얗고 긴 딸의 손에 물집 잡히고
갈라진 손끝이 빨갛게 채워지는 걸 보며
아비 눈두덩에 빨갛게 노을 드는데

딸은 그 손으로 제 새끼들 입에
고등어 살점 뚝뚝 뜯어 넣으며 옳지, 옳지 장단 맞춘다
사는 건 뜬구름 사이에 붉은 도장 같은 해 찍어 넣는 일
밑에 깔린 구름이 날개 치며

그 붉은 도장을 지나가는 일

67

빈집

한 백년 쯤 걸어가
노파의 젖가슴 같은 쭈글쭈글 낡은 집 하나 만나고 싶다
검고 육중한 철 대문이 녹으로 번지고
수없이 여닫은 흔적들이
녹슨 지문으로 피어 있는 집
그 가운데 사람 하나 드나들 만한 구멍이 뚫려 있는 집

나 거기 눈을 대고 가만히 안을 들여다보리라
없는 나를 보리라
수백 년 묵은 빈 가지들이 소리 내지 않고 흔들리는 것
을 보리라
이무기처럼 똬리 튼 적막을 보리라
축축하게 스며드는 온갖 것들에 기대 제 몸
허무는 담벼락을 보리라
그림자가 제집을 반으로 접는 장관을 보리라
접힌 집이 울컥 내게로 덤벼들어
나를 번쩍 안아 들이는 꿈을 꾸리라
꼬리를 길게 늘어뜨린 고양이 한 마리가
잡풀 더미를 가로질러 느릿느릿 지나가는 것을 보리라

한 백년 걸어도 당도하지 못하는 어둑한
집을 보고 싶다

밑단은 언제나 섬세해야 해요

코를 놓아요
어제를 놓고 버리고 싶은 기억을 놓고 뜬구름을 놓아요
하나둘 놓아가다 내일이 끼어들면 코 수를 잊어버리기
도 해요
때로는 손끝이 흔들릴 때도 있나 봐요
촘촘하다가 가끔은 느슨해지기도 하니까요
그러면 모퉁이에서 꺾인
뒷모습처럼 다시 시작하지요
밑단은 언제나 섬세해야 하지요
결 고운 채에 감정을 거르듯이
한 코를 빼고 그다음 코를 뜨면 튼튼한 저녁으로 갈 수
있지요
한 단 짜고 그 윗단으로 가려고 해요
한 단도 건너뛸 수는 없어요
차곡차곡 가야 해요

시계 속의 뻐꾸기처럼 당신은 같은 말을 해요
그렇게 시간만 잡아먹고 있는 당신을 이해할 수 없어!
나는 이해할 수 없는

당신의 시간을 목구멍으로 꿀꺽 넘기지요

때론 당신과 나의 시간을

풀어버려야 할 때도 있겠지요

풀어버려도 자국은 남아 꼬불꼬불한 시간이 지나가겠
지요.

나를 잡아먹은 시간이 나를 끌고 겨드랑이 파는 곳까
지 가지요

코가 줄어드는 일은 첫눈처럼 가벼워요

한 코 한 코 그 가벼움 속으로 내가 들어가지요

끝내 당신은 사라진 나를 입고

가을처럼 웃겠지요.

나에겐 아름다운 아들이 있어

나의 아들이 얼굴을 일그러뜨리며 웃는다
대학을 졸업한 지 이태가 지나도록 백수인
나의 아들이 얼굴을 일그러뜨리며 웃는다

아름답다

대낮에도 컴컴한 방에 전등을 켜고
낮잠을 자는 나의 아들이 아름답다
시시때때로 컴퓨터 자판 위에서 손만 바쁘게
뛰어다니는 나의 아들이 아름답고 밤낮없이
허공으로 이력서를 날리는 나의 아들이

아름답다

외출하지 않고 운동도 하지 않고
얼굴이 하얗고 군살이 없는 나의 아들이

아름답다

세상은 왜 이리 소란한가?
지저분한가?
악다구니가 많은가?
나의 아들의 세상은 왜 저리 고요하고 간절한가?
아들을 몰라주는 세상이 자꾸 컴퓨터 앞으로
끌고 가든 말든

어디에 있던지 아름다운
나의 아들은 아름답다

원

비가 쏟아지는 길을 아이의 손을 잡고 서서 바라본다
걸음을 막 배우는 아이는 빗속으로 무작정 발을 들이
민다
나도 막무가내인 아이를 따라 빗속으로 들어선다
빗방울이 떨어지며 수많은 원을 그린다
둥근 우산도 또 다른 원을 그린다
먼 곳에서 떨어지는 것들 어디엔가 한 번쯤 부딪히며
떨어지는 것들
크기는 각기 다르나 우리는 보이지 않는 원에 갇혀 길
을 간다
처음과 끝을 풀 수 없는 원의 공식처럼
깍지 낀 채 나를 에워싸고 있는 원 같은 것들
부르르 몸을 떨며 털어본다
소리 나지 않고 소리 내지 못하는 공포가
둥글게 퍼져간다
회색 하늘은 애매한 차가움으로
자꾸 비를 내린다
아이의 눈동자가 하염없는 원이라고 생각하다가 문득
젖은 운동화 속 아이의 발을 생각한다

아스팔트에는 헤아릴 수도 없이 많은
원의 알들이 태어나고 있었다

휴일

아이와 숲으로 갔어요
숲은 사람들로 가득 차 있었어요
뾰족한 잎을 가진 소나무 위에
떡갈나무 넓적한 잎들이 깊고 넓은 그늘을 만들었어요
잎과 잎 사이로 들어온 햇빛이 아이의 눈에 가득 찼어
요

아이와 나는
사람들이 없는 한적한 오솔길로 갔어요
조용한 숲속에서
어떤 낯선 소리가 들렸어요
궁~~~궁~~~
땅이 울리는 소리였어요
종알종알 걸으며 아이가 말했어요
거인이 오고 있는 것 같아
그런데 개미는 아주 작아
개미에게는 우리가 거인일 거야
거인에게는 우리가 개미만 하겠지?
혼잣말을 툭툭 던지며

아이는 무서운 듯 내 손을 꼭 쥐었어요
소리가 가까워질수록 작은 손에는 땀이 배었어요
나는 아이의 손을 잡고
개미와 거인의 길을 벗어나 사람들과 섞였어요
집으로 가는 길이었어요

가을이 잔뜩 묻은 상수리 잎이
발 앞으로 툭 떨어졌어요

그 아이

튀어나온 이빨 치켜 올라간 꼬리 쫑긋 선 귀
도, 레, 미 건반 세 개
누르면 동요가 경음악으로 나오는 노란 버튼 하나
아이가 세 살 때 들고 다니던 장난감 피아노다
건반을 눌러 본다
도~~~~~~
세 살의 아이가 도레미를 타고 걸어 나온다
아이를 가만히 안는다

세상이 온통 그 아이뿐이었던 엄마는 어느 날 쌍둥이
동생을
　낳고 산후조리원으로 들어갔다

느닷없이 엄마가 사라졌던 아이 어디서든 뒹굴고 울던
아이 제 머리카락을 제 손으로 쥐어뜯던 아이 쿵쿵 머리
를 벽에다 박던 아이 손에 닿는 대로 물건을 집어 던지
던 아이 울음이 말인 아이 웃음을 잃어버린 아이 한 번
도 엄마를 찾지 않던 아이 쉴 새 없이 노란 버튼을 누르
던 아이

아이는 갑자기 없어진 엄마를 모질게 견디고 있었다
할머니와 자고 먹고 어린이집에 갔다
말을 잃어버린 아이는 토끼 피아노를 누른다
한 곡이 끝나면 누르고 또 누르고

이제 초등학생이 된 아이가 장난감 정리를 한다
고개를 갸우뚱거리며 남겨야 하는 것과 버려야 할 것
을 분리한다
아이가 무심히 토끼를 집어 던진다
토끼가 무심히 버릴 것들 속으로 들어간다
토끼의 시간이 사라진다

할머니는 그것을 집어 가방에 넣는다
그녀 안에서 피아노 소리가 울린다
세 살의 아이가 가슴팍을 쥐어뜯는다

그때 나는 19층 통유리 안에 있었어요

열려 있는 것과 갇혀 있는 것의 차이를
우리는 유리의 안과 밖이라 불러요

어떤 별에서 막 떨어진 것 같은
작은 숲이 창 밑에 있어요

내 눈은 숲 가운데 난 길로 하루에
스물 댓 번은 걸어갔다 오곤 해요
왜 스쳐 가는 것들은 모두 가물거릴까요

등 뒤에서 쌍둥이가 스테레오로 울어요
무슨 일이 스테레오로 벌어지고 있나 봐요

이제 숲을 숲으로 돌려보낼 때가 되었다고
내 속에서 누가 말했어요

그러나 잎 없는 숲이 자꾸 길을 보여주어요
춥고 뻣뻣한 저 숲에 새순이 트면
길은 사라질 준비를 하겠지요

한 생이 한 생에 기대는 일이
초록으로 덮인 숲처럼 비밀스러웠어요

햇빛에 모래는 찜질 되는데

바다에 갔어요
모래사장 건너 파도를 잡기로 했어요
모래에 발이 닿은 아이가
얼른 발을 빼며 업고 가재요
아이의 발바닥은 모래보다 얇은가 봐요
아이를 업고 모래사장을 걸었어요
내 발바닥은 지나온 길만큼
두꺼워졌는지 뜨겁지 않았어요
아이의 무게만큼 발이 푹푹 빠지며 모래밭은 아득한데
왜 발바닥보다 가슴이 뜨거워지는 걸까요
햇빛은 자지러지게 피고
등에서 잠든 아이의 팔다리가 흔들거렸어요
그냥 이렇게 꼭 잡고 있어도 아이는 자라는 걸까요
이리저리 몸을 돌려도 여전히 햇빛 속이었어요
가운데로 갈수록 초록인 바다
속으로 들어갈수록 점점 더 짙어지는 바다
파도가 바다라는 걸 간간이 잊고 살아요

숲

콩나물시루는 노란 숲이었습니다
나는 그것들을 헤치며 안으로 들어갔습니다
노랗게 우거진 숲속은 빽빽한 어둠이었습니다
황금빛 달이 비추었습니다
대가리들이 금빛으로 찬란했습니다
키가 크거나 작거나
대가리는 모두 위에 있었습니다
어디선가 퀴퀴한 냄새가 났습니다
미처 자라지 못한 것들은 젖은 채
썩고 있었습니다
아버지가 썩고 어머니가 썩고 어머니의 어머니가 썩고
내가 썩고 있었습니다
나는 그것이 그 숲의 오래된 냄새라는 것을 몰랐습니다

덕산댁

　조신한 그녀가 숨어서 담배를 피우는 줄은 아무도 몰랐다 그녀의 담배 연기는 신출귀몰했다 문득 담벼락 뒤쪽에서 때로는 뒷산 밤나무 뒤에서 귀신처럼 피어오르다가 어떨 때는 후미진 뒷간에서도 간간 새어 나왔다 연기는 그 주위를 맴돌다 말 그대로 연기처럼 사라졌다 가느다랗고 가물가물한 그녀의 담배 연기 고추 내음 같기도 하고 밥 짓는 내음 같기도 한 그 연기의 냄새, 열다섯에 시집온 그녀를 기다리는 것은 벼락같은 성질의 시아버지였다 블~~~가져와라 고함을 치면 불일까 물일까 망설이다 그녀는 물을 들고 갔다 불 가져오라 하면 물 가져오고 물 가져오라 하면 불 가져오는 너는 뭐냐? 훈장 시아버지의 긴 곰방대가 붉으락푸르락 연기를 피워 올렸다 시아버지의 곰방대가 딱! 하는 소리와 함께 그녀는 머리를 잡고 자지러졌다 서방이란 작자는 논밭을 사려고 몇 날 며칠 짠 베를 등에 지워 장에 보내며 이번 건 절대 술값으로 날리면 안됩니더? 애절한 당부 아랑곳없이 훈장이 좋아하는 명태 한 떼 어깨에 덜렁덜렁 메고 사나흘 후에 나타나곤 했다 명태에 먼저 눈이 박힌 훈장 선생! 어여 온나! 밥은 먹고 다녔냐? 고생은 안 했냐? 하

고 허허거렸다 서방보다 훈장이 더 미운 그녀! 일 년 농
사지어 겨우 양식 남기고 이자 계산하고 장내 쌀 내어쓴
서방 술값 갚으려고 막내딸 앞세워 이 집 저 집 다닐 때
그녀 문득 어느 구석진 곳에서 연기를 피워 올리곤 했다

하회河回

막 남편을 잃은 조카와 아이를 데리고
하회 길을 따라 왁자하게 흐르고
조카와 아이도 따라 흐른다
하회는 깊고 구불구불했다
흙먼지가 하회처럼 뿌옇게 날렸다

비밀처럼 어두운 골목길을 간다
이엉이 거뭇거뭇하게 초가지붕을 덮었다
삐딱한 정지문이
조금 열린 대문으로 보였다
벼락 맞은 느티나무가
검은 속이 텅 비었다
바람은 고요하고 민들레 홀씨가
팔랑거리며 날아간다

강물이 강물을 끌고
하회가 느리게 흐른다
처음도 끝도 없이 흐른다

홀씨처럼 팔랑거리는 아이를 잡은
여자가 아득히
흐른다

밥

혼자 먹는 밥상을 차린다
국 한 그릇, 반찬 한 개, 수저 한 벌
밥을 푸는데 그의 말들이 자꾸 그릇을 채운다
개 짖는 소리 같다가 꼬리 긴 기차 같다가
달달한 젤리 같다가 가끔은 고춧가루 같은
그 말들이 고봉으로 담긴다
젓가락으로 세듯 말들을 먹는다

당신!
사방이 벽인 집에 살아봤어
벽하고 얘기해 봤어
적막에 갇혀봤어
천정에 눌려봤어

밥알이 점점 각이 진다
목구멍에 걸려 얼얼해진다
밥을 뱉는다
밥을 뱉으며 혼자 중얼거린다

사람과 사람 사이에 둥둥 떠다녀봤니
환한 길이 벽인 걸 봤니
소리들이 적막인 걸 봤니
사방이 길인 길 끝에 서 봤니

허겁지겁 밥을 먹는다
먹어도, 먹어도
허기가 진다

폐선

당뇨 합병증으로 앞이 보이지 않는다는 그가
병실을 천천히 두리번거린다
그의 숨은 이미 산소 호흡기 속에 있다
그는 지금 한 번도 가보지 않았던 어떤 길을 더듬고 있
는지
낯선 눈을 껌벅거린다
욕설로 거칠었던 그의 말도 벌어진 입속으로 잦아들었
다
고장 난 엔진처럼 그의 생이 끊어질 듯 이어진다
침대 모서리에 널브러진 그의 의족이 고치다 만 부품
같다
누군가는 노름방에 많이 살아서 다리가 그렇게 되었다
하고
누군가는 일없이 여기저기 너무 쏘다녀서 그렇게 되었
다고 했다

나는 본다
의족 속에서 걸어 나오는 그의 길들을
정신분열증을 속이고 시집온 첫 번째 아내가 남긴 손

톱자국을
　발가벗겨 던지는 갓난아이를 안고 아내를 피해 뛰어다
니던
　한겨울의 길을 본다
　정신이 온전치 않게 온 두 번째 아내
　집에 있는 날보다 나가는 날이 많았던 그녀를
　그는 지금 하염없이 그녀를 찾아다니던 길에서 서성거
리는지
　반쯤 달린 다리가 움찔거린다
　그는 절름거리며 자꾸 죽음 쪽으로 가고 있다
　나는 그의 키보다 높았던 그의 지게를 생각한다

　구멍 난 폐선처럼
　그의 등이 침대 속으로 가라앉고 있다

4부

강씨와 리어카

그의 리어카가 언덕배기를 올라가고 있다
리어카에 매달려있던 상자들이 무겁게 굴러
흔들리는 나무 그림자 속으로 들어간다
그는 리어카를 나무에 기대놓고 새벽을 쓴다

쓱쓱 쓰-윽 쓱

새벽 세 시의 적막이 쓸린다
그는 여기저기 쏟아진 쓰레기를
주섬주섬 리어카에 담는다
세시 이전의 내용물들이 리어카에 담긴다

세시 이십오 분
그의 리어카가 굴러간다
흰 주차선이 자꾸 그와 리어카를 대로로 내몬다

세시 삼십 분
술 취한 트럭이 그가 끄는 리어카의 뒤를 슬쩍 밀고 사
라진다

뒤집힌 바퀴가 돌고 있다

돌다가
　　돌다가
멈춘다

세시 삼십오 분
붉은 피가 흰 주차선을 흥건히 넘어가고 있다

기차

우크라이나 키이유에 유성 같은 것이 번쩍인다
아파트에 학교에 놀이터에 포탄이 터진다
길이 갈라지고 다리가 잘려나가고 집들이 무너진다
사나운 불꽃 뒤에는 어둠이 온다
사람의 얼굴이 어두워지고 밤은 더 깊은 밤으로 들어
간다
어린 소녀가 무너지는 것들 속에서 울부짖는다
내 나라에서 꺼져
한 소녀가 총을 든 러시아 군인에게 소리친다
화면을 가득 채운 공포도 그녀를 가두지 못한다
러시아가 전쟁을 일으키려 한다고 여러 나라에서 말했
었다
그러나 푸틴은 가면 속에서 말했다
전쟁은 일어나지 않을 것입니다
우리는 전쟁을 원하지 않습니다

그때 러시아제 탱크는 우크라이나 주위에서 맴돌았다
그것들을 남기려는 기자는 카메라를 손에 든 채 총에
맞았다

아이들이 길에서 피를 흘리고 쓰러졌다
코미디 배우였다는 젤렌스킨이 웃음을 지우고 말했다

대통령은 죽음을 겁낼 권리도 없습니다
나는 여기 있습니다

한 미치광이의 욕망이여!
눈보다도 더 가벼운 죽음이여!
꽃잎 같은 이름들이여!
그 누구도 지켜주지 못하는 이름들이여!

사람들은 집을 버리고 나라를 버리고 부더기, 무더기
로 떠난다
폴란드행 피난 열차가 철로를 따라 들어온다
사람들이 몰려들고 넘어지고 밟히고
사람과 사람 사이가 겹치고 겹쳤다
그 사이에서 한 여인이 소리친다
내 아이라도 살려주세요
아이는 머리 위로 들어 올려졌다

그리고는 낯선 손으로, 손으로 기차 속으로 흘러 들어
갔다
 뒤쪽에 서서 이들을 바라보는 남자의 품에
 서너 살쯤 돼 보이는 아이가 몸부림치며 울고 있다
 초점 없는 아비의 눈 속으로
 길게 기차가 지나갔다

노랑 혹은 누렁

은행나무 늘어선 길을 간다
비탈진 언덕길이 누렇다
그 노란 것들에 발을 얹는다

뾰족한 돌이 발에 챈다
꺾어진 가지가 발목을 찌른다
숨은 경사에도 나는 비틀거린다

벌레 먹은 노랑, 귀퉁이가 찢어진 누렁, 검은 반점이
찍힌 노랑, 반쯤 썩은
　　　　누렁
　　　　　노랑

당신이 처음 내 속에 들어왔을 때처럼 온통 노랑인 것들

당신의 뒷모습 같은 노랑
당신의 가시 돋친 말 같은 노랑
당신이, 당신이 아닌 것 같던 노랑

한 생이 누렇게 흘러가는 줄도 모르고

찬바람 소리는 왜 나지막한가

바람이 낮게 분다
건빵을 주머니에 넣고 강으로 간다
고기들이 가장자리를 맴돌고 있다
건빵을 던진다
작은 것들은 폴짝대다 자꾸 놓친다
큰 것들이 그것을 한입에 집어삼킨다
강물이 찰랑대다 요동치다 반짝인다
또 한 줌을 던진다
어떤 것은 곡선을 그리며 멀리 떨어지고
어떤 것은 직선으로 떨어진다
떨어지다 곤두박질치는 것도 있을 것이다

건빵이 떨어질 때 나도 건빵처럼 떨어진다
건빵이 된 나는 강물처럼 출렁거릴 것이다
물살이 사지를 흔들어대고 살점이 뜯겨
어느 고기의 뱃속으로 들어갈 것이다
고기가 된 나는 건빵처럼 물속을 헤엄쳐 다닐 것이다
그러다 재미 삼아 낚시질이나 하는 어느 코에 끼일 것
이다

어쩌면 날개가 돋아 붕새처럼
구만리를 날아오를지도 모른다

칼바람이 분다
건빵을 던져도 고기들이 보이지 않는다
머리가 새하얀 할머니가 물끄러미 허공을 보며 말했다
"추운 날은 고기가 깊은 곳으로 가지"

순대의 시간

퇴근길, 바람이 뼛속 깊이 파고든다
커다란 무쇠솥이 걸린 작은 트럭
짐칸은 솥 하나와 엉덩이가 펑퍼짐한 아주머니 하나로
가득 찬다
쿵쿵한 순대 냄새에 허기가 돈다

나의 순대는 비어 출렁거리는데
솥 속의 순대는 찝찔하고 구수한 냄새를 풍긴다
순대의 냄새에 발들이 머물고 순대는 뜨겁게 찜질 당
한다
구불구불한 순대는 무럭무럭 김을 올리고 나의 순대는
허기 속에서
구불텅거린다

캄캄하고 질긴 순대 같은 길에서
얼굴이 검고 투박한 아주머니는 무쇠솥 같은 표정으로
드르륵 솥뚜껑을 밀었다 닫는다
어머니 젖무덤 같은 냄새에 자꾸 발이 잡힌다
주머니에 손을 넣어 순대 한 접시와 한 끼의 반찬값을

만지작거린다 순간이 긴 터널 같다

칼바람에 얼굴을 점퍼 속으로 집어넣는다

목도 손도 없는 사람들이 드문드문 지나가는 트럭 앞
에서

나는 문득 벗어난다. 아무 일 없었던 것처럼

만수, 만수역

만수역 간다
만수가 있을 것 같은 만수역 간다
내가 사랑하는 만수를 너는 사랑하지 않는다
나는 너를 사랑하지만 만수도 사랑한다
만수는 꽃잎 같다
만수는 엉킨 실타래 같다
만수는 아득하다
때로 만수는 지지 않는 해처럼 캄캄하다
만져지지 않는 만수를 나는 자꾸 손금처럼 만지작거려
본다

얼굴이 하얀 젊은 기사는
꼭 서른두 살처럼 웃으며 말한다
이 길에 이 차보다 더 비싼 것은 없을 거예요
이 차가 이래 봬도 일억 오천쯤 하거든요
그는 일억 오천처럼 폼을 잡으며
제 어깨보다 넓은 운전대를 잡고 한껏 허리를 편다
손님은 나 혼자다
나도 일억 오천처럼 앉아 지나가는 풍경들을 내려다

본다
  일억 오천의 차가
  일억 오천의 속도로 간다
  넓고 환한 길을 지나 모퉁이를 돌아설 때
  몇 그루의 나무가 작은 숲을 이룬 낯선 길을 지나간다
  이번 역은 만수역입니다
  얼굴 없는 여자의 목소리가 들린다

  이제 나는 만수를 사랑하지 않는 나를 만날 것이다
  나는 가을보다 더 가을처럼 말할 것이다
  만수가 싫지는 않아
  그러나 그건 너무 길잖아

  은행나무 가로수가 구린내를 풍긴다

건대역 6번출구

흰 안전모를 쓴 사내가 가방을 메고
에스컬레이터에 오른다
스크린도어를 고치던 비정규직 청년이
달리는 열차에 치였다는 뉴스가 떠오른다
유리문과 유리문 사이에서 유리가 밀어낸 그를
유리 안에서 보았다
철길 위로 떨어져 내리는 안전모를
유리 안에서 보았다

에스컬레이터에 오른다
한 계단이 태어나면 한 계단이 사라진다.
한 사람밖에 올라설 수 없는 에스컬레이터에 탄
앞사람의 그림자가 내 어깨에 늘어지다
발끝에서 꺾인다.
뒤에 있는 내 그림자를 돌아보다가
지금은 없는 그의 그림자를 생각한다

계단 계단의 발들이 다소곳하다
벽을 타고 오르는 바람처럼 끌려 오르다가

마지막 칸에 이르러 문득 캄캄하게 접힌다

섞이지 않는 아르곤처럼
뿔뿔이 흩어지는 발들 속에
내 발을 섞는다

까진 코를 찾으러

간다
긴 머리에 까만 핀을 꽂고
초록과 빨강이 사선으로 그어진 원피스를 입고 간다
바람 냄새가 달달한 길을 간다
노래를 흥얼거리며
가로수는 소나무가 좋을까 똥내 풀풀 풍기는
은행나무가 좋을까 생각하다가
그가 기대어 서 있던 은행나무를, 껍질이 다 벗겨져 있던
은행나무의 발치를 기억해 내다가

어디서 까졌는지 알 수 없는 내 신발코를 생각한다
무심코 오른쪽 신발코가 왼쪽 신발코를 까던 것을 생각한다
ㄱ에서 ㄴ으로 오르내리는 계단에서
각을 세우던 신발코를 생각한다
수많은 각 속에 끼어있던 나의 각을 생각한다
당신의 각을 생각한다
당신과 나의 각이 같아지는 지점은 어디일까

코가 벗겨져 속이 삐져나와 수선집에 맡겨놓은
내 신발을 찾으러 간다

눈

회색 하늘이 점점 짙어진다
무슨 부스러기 같은 것들이 흩날린다
차가운 것들이 천천히 스며든다
그것들은 닿는 곳마다 쌓이기 시작한다

나뭇가지 위에 녹슨 자전거 위에 빛바랜 지붕 위에 빨
간 스포츠카 위에
도로 위에 쌓인 것들이 색깔을 지운다

떨어지며 엎어진 그것들의
등 위로
차들이 지나간다
바퀴에 눌리고 감기며 희던 길이 검어진다

돌아서던 등을
삭막하고 캄캄하던 등을
말을 삼켜버린
지나온 날들을 삼켜 버린
등 하나를 생각한다

검은지 흰지 모르는 내 등을 지고 아득하게 간다
미끌미끌 내린다
눈이

겨울 산

숲을 따라 올라갑니다
나뭇잎 흔들리던 소리가 나무 아래 쉬고 있습니다
새가 앉았던 자리를 안고 나무는 제 자리에서 움직이
지 않습니다
새들의 집이 텅 비어 있습니다
허공을 맴돌던 새 한 마리가 허공 속으로 날아갑니다
발아래 흙들이 스멀거리고 마른 풀잎이 수런거립니다
바람이 붑니다
산허리를 감고 가던 길이 문득 꺾입니다
그 너머가 눈을 벗어납니다
보이지 않는 길을 더듬어 가는 나는 자꾸 숨이 찹니다
계곡물에 목을 축입니다
날카로운 가시를 가진 망개 넝쿨이
나무들을 얼기설기 감고 물기 빠져나간 몸을 버티고
있습니다
비탈에서는 자꾸 몸이 기우뚱거립니다
썩지도 못한 낙엽들이 제멋대로 뒹굴다 멈추어 있습니
다
썩다 남은 것들이 소리를 냅니다

다 내려놓은 것들은 제 자리에서 검어집니다
그것들을 품고 겨울 산이 어두워집니다
산 중턱에 걸린 하늘이 조금씩 허물어집니다
어두운 길 하나가 더듬더듬 산길을 돌아드는 것이 보
입니다

맵고 단단한 것은 찜이 되지 않아요

찜을 하려고 야들야들한 고추만 고른다
비닐봉지에 가루와 고추를 넣고 흔들어 섞는다
하얗게 밀가루를 뒤집어쓴 고추도 여전히 고추다

고추를 솥에 안치고 뚜껑을 덮는다
물이 펄펄 끓고 김이 오르고 물방울이 뚝뚝 떨어진다
고추들은 찜통 속에서 백 통의 이력서를 쓰는 청년처럼
몸부림치다 파지 줍는 할머니처럼 쭈그러들다가
고층 빌딩 유리 닦는 남자의 외줄처럼 아슬해질 것이다
그들은 엉겨 붙다 비틀다 구부러지며 널브러질 것이다

물기 흥건한 솥 속에서 고추는
초록도 연두도 아닌 색이 되어
아작 소리를 지울 것이다

이제 뚜껑을 열어본다
고추의 사라진 뿌리를 본다
뿌리를 좇아 몇 광년을 달려온 시간을 본다
잠깐 다녀간 흰 꽃을 본다

강의 깊이

강물이 검다
물에 비친 하늘도 검다

장도를 휘두르며 갈대가 허공을 베고 있다
베여져 피 흘리는 것이 어디 허공뿐일까

한 계절이 베어나갈 때마다 길은 길을 잃고
나는 너를 찾아 헤맨다

잃은 것들은 왜 모두 캄캄한가

수양버들이 누르스름하게 일렁인다
바람이 온몸으로 부딪는다
너일까

허공에도 물속에도 없는 너는
자꾸 꼬이는 생각처럼 어지럽다

잎 떨어진 아카시 가시를 만지자
문득 손끝이 붉어진다

고택
― 사암고택

낮은 흙담을 끼고 깊고도 긴 골목이 있습니다
그 끝에 200년을 걸어온 당신이 있습니다
세상 돌다 무거운 다리 끌고 와
걸터앉는 툇마루 같은 당신이 있습니다
세월의 더께만큼 묵은 것들이 있습니다

잔디로 덮인 마당에 새들이 앉았다 날아갑니다
햇빛이 기왓장을 데우고
바람이 용마루를 쑤시며 들락거립니다
반듯반듯한 문살을 창호지가 잡고 있습니다
언제부턴가 걸어 둔 고리를 열면
오래된 웃음, 오래된 기침, 오래된 발소리,
오래된 다독임이 침묵으로 걸어 나옵니다
오래전에 떠났던 한 그림자가 홀연히 돌아와
어지러운 것들을 쓸어 모으고 있습니다

손등에 거뭇거뭇 검버섯이 피고
저녁이 둥글게 채워지고 있습니다
목화 꽃 같은 당신이 안으로 잦아들면

몇생 전 떠난 사랑도 만날 것 같습니다

지붕 위로
해 떨어지는 사이
능소화처럼 붉게 흔들리며 그가

지심도

하늘이 안개처럼 퍼지고 바람 간간이 불어
나, 지심도 간다
수런거리는 사람들 틈새를 빠져나와
창자 빼고 날개를 펼친 가오리들이 누워있는 부둣가
철망 옆을 지나간다
내 전생 같은 저 가오리 되어 보려고

미처 토해내지 못한 짠물 온몸을 옥죄며
꼬들꼬들하고 쫄깃쫄깃해진 가오리

노파가 바다를 배경으로 온통 쭈글쭈글한
지심도 간다

어디엔가 있다는 只心을 찾으러
거북바위를 지나 이름도 모르는 아름드리나무 둥치를
지나
해안을 싸고도는 구불구불한 길을 지나
술렁거리는 파도 위를 바람처럼 간다
취한 배처럼 간다

한 계절이 지나가는 지심도에는
모가지 꺾인 동백꽃들이 자지러지고
동박새 울음 물고 미처 피지 못한 동백이
몽우리 속으로 잦아드는 곳

지나가는 발길에 무수히 밟힌 풀들이
큰 것은 길게
작은 것은 짧게 눕는 곳
키 큰 바람이 쓰러진 풀잎을 흔들어 깨우는 곳
휘청거리는 낚싯대가 기슭에서 바다를 낚고 있는 곳

그 끝에 비씩 마른 날개를 펼치고
가오리 한 마리가 날아오르는
그곳

죽전竹田

그녀는 66년을 걸어 대밭으로 갔다
바다는 홀로 푸르고
대꽃은 아직 피지 않았다

현자가 갔다
새가 울었다

현상 시시각각 변화하는 시간의 얼굴

이 경 림(시인)

  엄영란의 시를 보며 문득 후설의 유명한 구호 '사물로 돌아가라' 라는 말이 생각났다. 여기서 사물이라는 말은 현상이라는 말로 해석해도 좋을 것이다. 이때의 현상은 경험을 통해서 구체적인 사물을 인식하는 것을 말한다. 현상의 원관념은 오관으로 지각될 수 있는 구체적인 사물을 가리킨다고 사전에는 나와 있다. 엄영란의 시작詩作의 시작始作을 구태여 구분한다면 이런 현상론의 바탕 위에서 써졌다고 할 수 있겠다. 그녀는 사물로 돌아가 있는 그대로 쓰기를 고집하고 있는 듯 보이기 때문이다. 그런데 '있는 그대로 쓰기'는 이론적으로는 언뜻 쉬워 보이지만 사실은 결코 만만한 작업은 아니다. 어쩌면 시인이나 종교인이 도달하고자 하는 궁극의 자리로 가기 위해 수련하는 시적 태도의 시작이며 마지막 덕목이기 때문이다. 현대 조계종 최고의 승려였던 성철 스님의 마지막 법어 '산은 산이요 물은 물이다.'라는 있는 그대로 보기의 마지막 단계에서 발견하는 경지이기 때문이다. 어쩌면 시인이나 종교인이 스스로 처음 일으키는 질문은 〈산은 산이다〉라는 당연지사當然之事를 의심하기 시작하는 데서 비롯된다고 할 수 있을 것이다. 어느 날 문득 과연 산은 산이고 물은 물인가? 라는 의문이 들고 자신도 모르게 질문 속으로 끌려들다 보면 어느 날 '산은 산이 아니다' 하고 부정하는 시기가 오고 바로 그것이 본격적인 질문의 시작이 된다고 할 수 있을 것이다. 그때부터 그는 정신없이 왜 산은 산이 아닌가? 생각하며 온갖 이유와 해석을 동원해 보고 증명하며 방황하는 시기가 오리라. 이때가 시인의 아니 수도자의 아니 예술가의 아니 과학자의 길로 가는 클라이맥스라고 해도 좋을 것이다. 그러나 그 답을 찾아가는 과정은 지난하고 외로운 길이다. 많은 사람들이 이 부분에서 자신의 길을 포기하거나 좌절한다. 또 많은 사람들이 이 부분에서 결국 답이 없는 것이 답이었다고 합리화하며 적당히 타협한다. 그중 남은 소수가 마지막 때에 이르러서야 '산은 그저 산일 뿐' 이었다는 것을 깨닫게 되지만 그것은 그의 마지막 찰나의 시간과 함께 사라진다. 그렇게 보면 사실 있는 그대로 보기는 어쩌면 불가능한 일인지도 모른다. 시인이란 그것을 알면서도 앞에서 보고 뒤에서 보고 옆에서 보고 위에서 내려다보며 시시각각 사물의 변화하는 모습(현상)을 발견하는 과정을 즐기는 독특한 존재들일지도 모른다. 〈있는 그대로 보기〉는 시적 방법론으로는 첫 번째 단계일지 모르지만, 만약 시 쓰기에도 방법론이 있다면, 그것이 처음이자 끝이 아닐까 생각된다. 사실 시 쓰기의 방법이란 있을 수 없는 것이기 때문이다. 보르헤스는 그의 단편 신의 글에서 만약 신이 있다면, 이 지구의 마지막 날에 신이 인간에게 남길 글을 어디엔가 남겼을 것으로 생각하고, 일생 그 글귀를 찾아 전전긍긍하는데, 첫 번째 든 생각은 만약 신이 마지막 때에 인류에게 남길 글을 남겨 놓았다면, 지구에 어떤 일이 일어나도 절대 사라지지 않을 어떤 것에다 새겨 놓지 않았을까? 하고 바위나 산 큰 나무 등 오래 사는 것들을 생각하다가, 끝없이 교미하고 새끼를 낳는 것들의 몸에 새겨 놓지 않았을까 하고, 범들의 미로(가계도를)를 떠올리며 옆방에 감금된 재규어의 몸의 무늬를 관찰하기 시작한다. 그 작업에 지치고 탈진한 어느 날, 그는 정오에 인간에게 매일 물고기와 곡식을 내려주는 신을 보는 기적을 경험하고 비로소 큰 깨달음을 얻는다. 그때의 경험을 그는 이렇게 쓴다.

"나는 지극히 높은 바퀴를 보았다 그것은 내 눈앞에, 뒤에 또는 옆에 있는 것이 아니라 모든 곳에 동시에 있었다. 그 바퀴는 물로 만들어져 있었다. 그러나 그것은 동시에 불로 만들어져 있었고 그리고 그것은 무한했다. 미래에 있을 것이고 현재에 있고 그리고 과거에 있었던 모든 것들이 서로 얽혀 짜인 채 그것을 형성하고 있었다. 나는 그 총체적인 구도 속에서 한 오라기 실이었고…"

불교의 상징이기도 한 우주를 운행하는 바퀴인 법륜法
輪을 연상하게 하는 이 대목은, 어떤 길의 시든 소설이든
음악이든 미술이든 과학이든 종교든 아무튼, 모든 추구
의 마지막 단계를 말하고 있는 것 같다. 어쩌다 보르헤
스 작품을 예로 들게 됐지만, 주인공이 신의 글을 찾아
내기 위해 바친 긴 여정은 시인이 시를 찾아 헤매는 과
정과 같다고 할 수 있을 것이다.

  결국, 시 쓰기란 삼라만상 속에 새겨진 신의 글을 찾
아내는 과정이라 생각해도 좋을 것이니까. 아니 삼라만
상 하나하나가 신의 글이며 시라고 보르헤스는 말하고
있는 것이리라. 이야기가 곁길로 샜지만, 현상 읽기에
바탕을 둔 엄영란의 시 쓰기는 그런 의미에서 건강한 출
발이라 해도 좋을 것 같다.

  1.

  이 시집은 두 갈래로 나눌 수 있다. 첫 번째는 앞에서
말한 그대로 사견이나 선입견이 배제된 자연 그대로의
현상 읽기인데 한마디로 자연 속에서 변화하는 사물 읽
기라 할 수 있는 시들이며 두 번째는 그중 가장 한 갈래
인 현상으로서의 인간의 삶 들여다보기이다. 이때 대상
은 주로 자신을 비롯해 주위의 가족, 친지, 이웃, 등 친
숙한 사람들의 삶이 대부분이지만 때로는 티브이에서

본 사건 속 인물이나 소문 속의 주인공 등 미지의 인물들이 대상이 되기도 한다. 대상이 그 누구이든 온갖 두두물물이 다 나이며 너이며 그이며 그것이라는 생각에 뿌리를 두고 있는 사람에게는 그 모두 객관적 거리 속의 대상들이라는 점에서는 자연현상과 같다 할 수 있겠다.

「장미와 고양이」라는 그의 시 한 편을 보자

장미 넝쿨이 울타리를 넘었습니다.
꽃을 올려놓은 넝쿨이 길 쪽으로 기울어졌습니다.
길 너머의 뿌리가 넝쿨을 잡고 있습니다.
굵은 넝쿨에는 굵은 가시가 돋아 있습니다.

가시를 가린 잎을 보며
사람들이 지나갔습니다.
아무것도 가리지 않은 꽃을 보며
사람들이 지나갔습니다.

달빛은
꽃잎에도
가시에도 무너졌습니다.
자근자근 길을 밟으며 걷던
고양이 한 마리가

휙!

울타리를 넘었습니다.
넝쿨이 잠깐 어두워지고
몇 잎의 꽃잎이 꽃받침을 놓아둔 채
꽃잎 지듯 졌습니다.

꽃잎에 눌린 길이
점점이
달빛에 젖었습니다.

- 「장미와 고양이」 전문

　위의 시는 장미 넝쿨이 울타리를 넘는 현상으로부터 시작되는데 그 현상이 원인이 되어 뒤의 현상, '꽃을 올려놓은 넝쿨이 길 쪽으로 기우'는 현상으로 이어지고 이어 '길 너머의 뿌리가 넝쿨을 잡게 되고… 하는 식으로 꼬리에 꼬리를 물고 일어난다. 그저 있는 그대로(보이는 대로) 썼을 뿐인데 그 속에 피할 수 없는 존재들의 관계망이 보이고 그 속의 (보르헤스의 말처럼) 한 오라기 실인 장미 나무가 보이고 결국 피할 수 없이 다가오는 시간의 폭력으로부터 자신을 지킬 수 있는 방법으로 장미가 제 몸에 '굵은 가시를 가지는 일 참담한 일을' 선택하는 것을 보게 된다. 다만 덤덤한 묘사로 세상에는 이렇게 아프고 치열한 존재들의 생존이 있다고 시인은 말하고 있다. 이렇게 서로 그물처럼 (인드라망) 연결되어 수세기 아득히 이어온 것이 존재들의 삶의 형식이라고 시인은 말하고 있는 것이다. 다음 행에도 관찰 대상이 다양해지고 디테일해졌을 뿐 그는 '있는 그대로 보기'를 고집스럽게 밀고 간다. 그러나 마지막 연/ 달빛이 꽃잎에도 가시에도 무너졌/ 다든가 꽃잎에 눌린 길이/ 점점이/ 달빛에 젖었/ 다는 대목은 마치 꽃의 시간을 현미경으로 본 것 같은 시인의 섬세한 감각이 돋보여 아름답고 눈물겹다.

이 시는 아름답다든가 고요하다든가 한적하다든가 하는 시인의 판단이 한 구절도 없다는 것이 특징이라면 특징이라 할 수 있다. 그렇다고 이 시가 무미건조하고 아무 감흥도 주지 않느냐 하면 그렇지는 않다. 왜냐하면, 그런 사적 감흥보다 훨씬 큰 본질의 세계가 보이기 때문이다. 장미 넝쿨이 울타리를 넘는 간단한 행위로 인해 꽃을 올려놓은 넝쿨은 길 쪽으로 기울어지고 그 현상은 또 길 너머의 뿌리가 넝쿨을 잡게 하는데 어떤 역할을 하고 결국 장미는 그런 온갖 위협으로부터 자신을 보호하기 위해 본능적으로 온몸에 굵은 가시를 내미는 것이 자연의 비밀이기 때문이다. 시인은 존재라는 굵은 주제를 관념으로 설명하지 않고 현상에 기대 보여줌으로 독자 스스로 느끼게 한다. 시인 스스로의 느낌을 시 속에 투척하는 것보다 이런 방법이 효과적인 것은 느낌에는 정답이 없기 때문이다. 시인이 시 속에 자기 느낌을 넣어 놓으면 한 시인의 느낌에 그치겠지만 시인이 현상 뒤에 숨고 독자로 하여금 느끼게 하면 그 느낌은 독자의

수만큼 느낌의 종류 또한 다양해진다고 볼 수 있고 느낌
이 다양할수록 시의 진폭은 넓고 크게 될 것이다, 마치
영화감독이 자신의 생각을 한 편의 영화로 보여주듯이.

　이 시에서 주목할 만한 동사는 '지나가다'라는 동사라
할 수 있다. 어떤 사람은 '가린 잎을 보며 지나가고' 어떤
사람은 '가리지 않은 꽃을 보며 지나간다'. 이 부분에서
는 가리고 가리지 않은 것에 의미가 있는 것이 아니라
지나가다라는 동사에 방점이 있다고 할 수 있다. 지나가
다는 행위는 사람뿐 아니라 모든 시간적인 존재들의 본
성이다. 이 시에는 사람이 지나가는 것만 보이지만, 사
실 그 시각 지나가는 사람에 의해 보이는 꽃도 나무도
길도 모두 제 시간을 지나가고 있는 것이며, 거꾸로 그
들이 사람을 지나가는 것이기도 하기 때문이다. 자연은
그 자리에 그대로 있는 듯 보이지만 모두 시시각각 제
시간을 지나가고 있다. 꽃도 나무도 길도 사람도 하늘도
집도. 지구가 1초에 463m/s로 자전하는 한 우리는 가만
있어도 그 '지나감'을 벗어날 수 없다. 해서 이 시에도 정
체된 것은 없다. 끊임없이 지나가며 변화한다. 기울어지
다－지나가다－무너지다－울타리를 넘다－어두워지다－
꽃이 지다－젖다 등은 끊임없이 움직이며 변화하는 시간
들(지나감)의 모습이다. 그리고 보면 시인이 위의 단조
로운 현상 속에서 보여주고자 하는 것은 자명하다. 바로
시간의 본성인 것이다. 변화하는 시간(존재)의 얼굴! 그

것들의 관계망 들여다보기가 이 시집의 주제이기도 한
것 같다.

　　허공에 걸려있는 빨랫줄을 본다
　　빨랫줄을 물고 있는 빨강, 노랑, 파랑을 본다
　　햇빛에 얼굴이 까매지는 줄도 모르고 본다
　　따뜻함에 빠진 얼굴로 본다

　　내가 따뜻한 동안
　　빨래집게는 나른해지는 줄도 모르고 본다

　　진이 빠지는 빨래집게를 나는 알지 못한다
　　굳게 다문 그 입을 나는 알지 못한다
　　아래를 내려다볼 수 없는 그 요지부동을 나는 알지 못한다

　　바람이 분다
　　빨랫줄이 흔들린다
　　빨갛게 노랗게 파랗게 빨래집게가 흔들린다
　　흔드는 대로 흔들리는 빨랫줄이 허공을 흔든다

　　옴짝달싹할 수 없는 허공에 내가 앉아있다
　　해가 엄청나게 큰 빨래집게로 나를 찝어
　　줄행랑치는 중인지도 모르고

　　　　　　　　　　　　－「빨랫줄과 빨래집게」 전문

장미와 고양이에서는 숨은 화자가 본 현상들을 쓴 것
이라면 이 시는 '나'라고 하는 한 존재가 적극적으로 현
상에 개입해서 본 어느 날의 빨랫줄 이야기이다. 이 시
에 나타나 있는 존재를 보면 우선 나 (앞에 시에서 숨어
있던)가 있고, 허공이 있고 빨랫줄이 있고, 햇빛, 빨래집
게, 그리고 바람이 있다. 그때 〈나〉가 본 것은 '허공에
걸려있는 빨랫줄'이고 그 빨랫줄을 물고 있는 노랑 빨강
파랑의 색이다

　빨래집게가 가지고 있는 색色! 모든 존재는 색을 가지
고 있다. 같은 빨래집게인데도 입혀진 색은 제각각인 것
처럼 모든 존재도 제각각의 다른 색을 가지고 있다. 그
런 생각들에 빠져 〈나〉는 햇빛에 얼굴이 까맣게 변해가
는 줄고 모르고, 아니 따뜻함이란 시간의 음모에 빠진
줄도 모르고 그저 본다는 행위에 빠져있는 것이다. 그런
데 가만 보면 따뜻함은 내게만 일어나는 변화가 아니라
빨래 집게에게도 오는데 바로 나른함이란 상태의 변화
이다. 아이러니한 것은 나른함에 지쳐 진이 빠지는 나의
입장을 빨래집게는 죽어도 모르고 한번 아래를 내려다
볼 수조차 없는 그 빨래집게의 요지부동을 나는 죽어도
모른다는 것이다. 바람은 누구에게나 똑같이 분다. 그
바람에 빨랫줄은 아래위로 흔들리고 거기 걸린 빨래집
게는 제 생긴 대로 뒤집히며 바로 서며 빨갛게 노랗게
흔들릴 뿐이다. 제각각 생긴 대로 흔들리는 것이 자연이
기 때문이다. 그들은 해가 엄청나게 커다란 빨래집게로

자신들을 집어 줄행랑치는 줄은 죽어도 모른다. 이 시가 앞의 시와 조금 변별성을 가지는 것은 앞의 시에서 숨은 화자였던 자신이 시 속으로 등장하고 내레이션도 하며 적극적으로 개입하고 있다는 점이다. 사물들과 동격인 화자話者로서, 위의 시들이 주로 자연 속 동식물들의 변화를 현상 그대로 옮겨 보는 시들이라면 다음의 시는 그 자연의 일부이지만 전혀 이질적 세계를 살아가는 인간계를 그려 본 작품이라는 점이 다르다고 할 수 있다.

2. 인간이라는 현상

우크라이나 사태가 점점 심각해진다 그 속에서 고통받는 목숨들의 실상이 화면 속을 우왕좌왕하는 것이 보인다. 누구는 우리나라 사태가 아니라고 별 관심이 없는 태도를 보이는 사람도 적지 않지만, 그분들의 태도를 옳다 그르다 평가하기 전에, 같은 시간을 지나가는 존재들이 비극적인 실상을 보며 인간이라는 종의 본질적인 성정에 대해 생각하게 된다. 아니 남다른 정서와 의식을 가진 시인으로 깊이 들여다보게 되는지도 모른다. 그렇다고 누구를 지지하거나 동정하는 차원의 얘기가 아니라, 화면에서 보는 그 비극을 시인의 눈으로 본 대로 기록하여 후대에 남길 의무는 있다는 생각이 든다. 판단은 시대에 따라 달라지겠지만 현 상태를 시인은 최대한 시적으로 기록할 수밖에 없으리라. 다음의 시는 차갑도록 냉정한 시선으로 최대한 디테일하게 쓰려 노력한 점이 돋보이는 시라 좀 길지만 전문을 실어 본다.

부차의 하늘이 가까이 내려앉는다 이곳의 하늘은 어느 쪽에도 빛이 내려오지 않는다 고층 아파트들이 철근을 늘어뜨리고 부서진 채 서 있다 집집마다 창문이 있던 자리에 하늘이 휑하다 저 어둠은 무엇으로 시작되어 무엇으로 사라지는가? 삶의 소리들이 지워진 거리 형체들은 모두 정지되어 있다 사나흘 전에도 누워있던 사람들이 그 자리에 그대로 누워있다 길 모퉁이를 돌던 차에서 한 사내가 손을 들고 내린다 기다렸다는 듯 총을 든 군인이 다가오고 한 발의 총성과 함께 그는 쓰러진다 죽은 자는 어떤 절규도 하지 않는다 엄마는 아이의 맨살에 꾹꾹 눌러 글씨를 쓴다 "저희 아이가 엄마 손을 놓치면 보호해 주세요." 아이는 간지러운지 등을 들썩거리며 깔깔거린다 머리카락이 제멋대로 늘어진 아이의 등에 글씨가 곧 지워질 것 같다 길에는 탱크들이 줄지어 지나간다 한 무리의 군인들이 주검들 사이로 지나간다 군복 색 티셔츠에 조끼 하나를 걸친 젤렌스키 대통령이 부차의 거리를 돈다 그는 동굴 같은 눈으로 두 손을 치켜들며 소리친다 "이건 아닙니다. 이 모든 것을 두고 누구든 침묵만은 말아주십시오" 그의 외침이 주검들 속으로 퍼져 나간다 죽음을 넘고 넘어 떠나고, 또 떠나고 사람들이 떠나간다 비닐봉지 하나를 들고 혼자 울고 있는 소년, 갓난아이를 품에 안고 가는 여인 아이를 목마 태우

고 떠나는 아비 가족일 것 같은 주검 앞에서 차마 떠나지
못하고 우는 사람들 가방 하나에 온 삶을 담고 그저 아득
한 얼굴로 간다 철로가 끊겨졌다고 기차는 떠날 수 없다고
수군거리며 기차역으로 간다 그 때 가까운 곳에서 섬광과
함께 폭발음이 들린다 팔이 날아가고 몸이 찢어지고 아이
들이 튀어 올랐다 떨어진다 포탄 속에 또 포탄이 들어 있
는 금지된 무기가 예고 없이 광장을 붉게 물들인다 왜 죽
는지 왜 죽어야 하는지 모르는 사람들의 외마디 비명이 여
기저기 흩어진다 하늘이 더욱 낮다 부차의 텅 빈 들판이
더 낮은 곳으로 흐른다 널브러진 주검들이 파리 떼처럼 흐
른다 그 위로 키 작은 해바라기들이 흔들린다 해가 없는
들판에 해바라기만 노랗다 노랑만 지천이다 산 자들이 해
바라기 한 송이씩 들고 주검 옆을 지나간다

―「해바라기」 전문

　해바라기라는 제목의 이 시에는 마침표가 없다. 모든
것이 숨 막히는 현재 진행형이다. 죽음이, 삶이, 비극이
희극이 폭격 소리처럼, 총소리처럼 지나간다. 그 비극의
행렬에서 부모는 아이의 손을 놓치고 어미 손을 노친 아
이는 울음 속으로 들어가고, 그 곁을 탱크들이 줄지어
지나가고 여기저기서 폭발음이 지나간다. 그 소리와 함
께 사람의 팔다리가 날아가고, 그런 속에도 나지막한 하
늘을 흔들며 노랗게 해바라기 떼가 지나간다. 이 부분에
서 시인은 절망의 색 노랑만 지천이라고 잠시 울먹인다.
그때 산자가 할 수 있는 일은 그저 노란 해바라기 한 송

이를 바치는 일일 뿐. 이 비극적인 시에도 절망스럽다든가 원망스럽다든가 따위의 감정의 노출은 없다. 그러나 누가 이 시를 메마른 시라고 말하겠는가? 탱크와 군인들과 널린 시신들과 부모 잃은 어린아이들의 명한 표정과 함께 노란 해바라기 떼의 등장은 읽는 이로 하여금 눈물이 핑 돌게 하지 않는가. 이 시는 현상이야말로 가장 힘 있는 진술이라는 것을 잘 보여주는 시라 할 수 있을 것이다. 다음 시를 보자

　나 밥 먹었어? 단기 기억상실증을 앓고 있는 그녀가 묻는다. 통유리 너머 마을 버스가 지나간다. 참기름 짜러 가야 하는데! 그녀는 참기름 집에서 자꾸 꺾어진다 참기름 같은 기억이 지나가는 중인가보다 잎 떨어진 나무가 검어진다. 그녀가 점점 검어지고 있다 나무처럼 서서 나무를 바라보다가 나쁜 놈! 땅 삼천 평을 그년 밑에 다 들이밀어? 미안하면 내 앞에 있어야지 차에는 왜 뛰어들어? 죽는 게 미안 한 것보다 나은가? 가을은 너무 쓸쓸해! 표정이 사라진 얼굴로 힐끔 돌아보며 나 밥 먹었어? 참기름 짜러 가야하는데! 희미해져 가는 시간을 놓치지 않으려는 듯 묻는다 창 틈새로 들어오는 차의 크랙숀 소리가 가늘다 그녀의 목소리가 빈 병을 빠져나오는 바람 같다 매일 매일 울면 눈물이 없어져 열일곱이나 어린 우리 아들을 며느리가 남편으로 만들었어 어미가 그렇게 말리면 왜 그럴까 생각이나 해 주지 결혼은 왜 해서 텃밭이나 들여다보고 고기 잡았다 놓아주고 강물처럼 떠돌다 그렇게 가버렸어 아들

간지도 2년이 흘렀네 영감 간 건 아무것도 아니여 나를 이
감옥 속에 밀어 넣고 지들만 가버렸어

　아무도 돌아보지 않는 쭈글쭈글한 감이 발갛게 창을 들
여다본다 나 밥 먹었어? 참기름 짜러 가야 하는데! 그 쪽
으로 가는 버스가 하나였는데 다른 데로 간 적 있어 이를
해야 되는데 틀니는 불편해 임프란트는 무서워

　나! 밥 먹었어?

- 「참기름 짜러 가야하는데」 전문

　위의 시에는 기억상실증을 앓는 한 노인이 버스 정거
장에 앉아 혼자 중얼거리는 모습이 그려져 있다. 이 시
에서도 시인은 그저 관찰자의 눈으로 본 것만 기록할 뿐
이다. 흔히 이런 시에 등장하는 시인의 말 '자식이 없는
지'라든가 '가엾다'라든가 하는 감정의 노출의 문구가 없
다. 나무를 그릴 때나 바위를 그릴 때나 고양이를 그릴
때와 마찬가지로 관찰자로서의 시인이 있을 뿐이다. 마
치 다큐 영화의 한 장면 같은 이 장면을 보며 독자는 저
마다 다른 온갖 감정을 느낄 것이다. 그것이 현상 시만
이 가지는 매력이라 할 수도 있겠다.

　위의 시들과는 조금 다르게 그가 지금까지 현상을 그
렇게 꼼꼼하게 관찰하고 읽어 내며 무엇에 이르렀는지
단 몇 줄의 시로 보여주는 슬프고도 아름다운 시 한 편
을 보자.

그녀는 66년을 걸어 대밭으로 갔다
바다는 홀로 푸르고
대꽃은 아직 피지 않았다

현자가 갔다
새가 울었다

─「죽전竹田」 전문

　그렇다 인간은 한 생을 다 걸어 자신의 대밭에 이르지
만 끝내 대꽃은 피지 않고 바다만 저 혼자 푸른 것, 그것
이 생이다.
　하여 현자가 간 것은 그저 새가 우는 것과 같은 자연의
일, 자신의 대꽃을 보려고 안간힘으로 달리는 자들이여,
보라
　저기 새가 운다.